キュリオとオウムの王子

斉藤洋・作　ももろ・絵

講談社

もくじ

I　キュリオがどういう子《こ》かというと

もうすぐおひるというころ、なんとなく村《むら》のほうをながめていたら、キュリオが歩《ある》いてくるのが見《み》えた。かたからななめがけにしているのは、いつものバッグだけで、すいとうはさげていない。

わたしはほっとした。

どこか遠《とお》くにいこうと、さそいにくるときはたいてい、キュリオはバッグだけではなく、すいとうも、かたからかけてくるのだ。

キュリオは、わたしのそばにくると、いった。

「こんにちは、べべ。ぼく、朝《あさ》、ジャングルにいったんだ。」

「こんにちは……。」

といって、わたしはつぎにキュリオがなにをするか見《み》た。

もし、キュリオがバッグから大《おお》きなクッキーをとりだせば、それは、おいしいけれど、ちょっとめんどうくさいことがおこるしるしだ。キュリオはきっと、どこか遠《とお》くにいこうといいだすだろう。でも、もうおひるだし、これからでかけることには、ならないかもしれない。

そう思《おも》っていたら、キュリオはバッグの中《なか》から、クッキーをとりだした。それは、キュリオのママがやいたクッキーなのだが、わたしの知《し》るかぎり、世界一《せかいいち》おいしいクッキーだ。いや、世界一《せかいいち》おいしいものなのだ。

おいしいけれど、ちょっとめんどうくさいことはおこりそうになってきた。

「まあ、お食《た》べよ。はなしはそれからだ。」

キュリオはそういって、わたしにクッキーをさしだした。

「ありがとう。」

わたしはおれいをいって、ほとんどひと口《くち》でクッキーを食《た》べてしまった。

クッキーを食《た》べてしまっても、食《た》べなくても、どうせちょっとめんどうなことはおこるのだ。

わたしがクッキーを食《た》べおわったのをたしかめてから、キュリオは木《き》の太《ふと》い根《ね》っこにこしをおろして、もういちどいった。

「朝《あさ》、ジャングルにいったんだ。」

わたしは、

「それは、もうきいたよ。」

といってから、きいてみた。

「それで、だれかに会《あ》ったのかい？　リクガメたちとか？」

ジャングルにはときどき、北《きた》のさばくから、十五ひきのリクガメたちが水《みず》をのみにやってくる。リクガメたちは十五ひき、いっしょにくるのだが、ジャングルではそれぞれべつの水《みず》のみばにいく。

さばくは水《みず》がすくないから、リクガメがジャングルに水《みず》をのみにきたって、べつにおかしなことではないと思《おも》うかもしれない。たとえば、十五ならんで、ぞろぞろやってくるというのなら、どうということはないだろう。そういうことだってある。

でも、十五ひきのリクガメたちは、ならんで歩《ある》いてくるのではない。十五ひき、かさなり、柱《はしら》みたいになって、すなぼこりをあげて走《はし》ってくる。走《はし》ってくるといっても、走《はし》るのはいちばん下《した》のリクガメだけで、しかも、そのリクガメはいちばん年上《としうえ》なのだ！

その上《うえ》にのっているのが、子《こ》リクガメで、その上《うえ》がまごリクガメ。そして、その上《うえ》がひまごリクガメというように、いちぞくがかさなってくる。

キュリオはまず、

「リクガメたちには会《あ》わなかったけど、リクガメには会《あ》った。」

と答《こた》えた。

つまり、一ぴきだけには会《あ》ったということだろう。

キュリオはつづけていった。

「でも、会《あ》ったのはリクガメだけじゃない。オウムに会《あ》ったんだ。赤《あか》いオウムにね。」

ジャングルにはいろいろなどうぶつがすんでいる。わたしもジャングルでなんどもオウムを見《み》たことがある。赤《あか》

鸚鵡

いのだけではなく、黄色《きいろ》いのもいれば、緑《みどり》や青《あお》のもいる。

ところで、オウムを漢字《かんじ》でかくと、こういう字《じ》だ。

鸚鵡《おうむ》

いいわすれたが、わたしはくまだ。白《しろ》いくまだが、ほっきょくぐまではない。色《いろ》をべつにすれば、ふつうのくまだ。名《な》まえはべべ。

じこしょうかいのついでに、くまを漢字《かんじ》でかくと、こうなる。

熊《くま》

ちょっとむずかしいかもしれないが、鸚鵡《おうむ》よりはかんたんだ。それはともかく、人《ひと》にかわれているオウムは、かっている人間《にんげん》の口《くち》まねをする。

わたしはキュリオにきいてみた。

「その赤《あか》いオウム、キュリオに、なにかいったかい？」

「うん。いった。『わたしはオウムの王子《おうじ》だ。』って。そのオウム、王子《おうじ》さまなんだよ。名《な》まえは、ロテンブロっていうんだって。」

「ロテンブロ？　露天風呂《ろてんぶろ》っていうのは、屋根《やね》のないおふろのことだよ。そんな名《な》まえ、あるかなあ。」

露天風呂《ろてんぶろ》なんていう名《な》まえがあるわけがない。やはり、そのオウムはだれかにかわれているか、まえにかわれていたことがあるのだ。理由《りゆう》はわからないが、かいぬしが〈露天風呂《ろてんぶろ》〉ということばをそのオウムにおしえたのだろう。

オウムはよく、

「おはよう！」

なんていう。

「きょうは、いい天気《てんき》だ。」

だっていうし、

「わたしはオウムの王子《おうじ》だ。」

くらいの長《なが》さなら、いうだろう。

でも、それはかんがえていっているのではないから、雨《あめ》の夜《よる》に、

「おはよう！　きょうは、いい天気《てんき》だ。」

なんていってしまう。

キュリオはまだ子《こ》どもだし、オウムが人間《にんげん》の口《くち》まねをしたのをきいて、オウムが人間《にんげん》の口《くち》まねをしたのではなく、ほんとうに、つまり、なにかかんがえてしゃべったのだと思《おも》ったのだろう。

わたしがそのことをキュリオにおしえようかどうかかんがえていると、キュリオがいった。

「それで、ぼく、そのオウムの王子《おうじ》さまに、たのまれたことがあってさ。オウムの王子《おうじ》さまのねがいをかなえるてつだいをするって、約束《やくそく》しちゃったんだよ。それで、べべにもきてもらおうと思《おも》って、むかえにきたんだ。」

オウムがなにもかんがえずに

そういったとしても、クッキーは食《た》べてしまったのだし、もういくしかない。

「ねえ、キュリオ。そのオウムはたぶん、王子《おうじ》じゃなくて、ねがいごとだって、ただ人間《にんげん》の口《くち》まねをしているだけなんだよ。」

なんていくらいっても、むだなのだ。

キュリオはじぶんの目《め》で見《み》なければ、なっとくしない。

キュリオはそういう子《こ》なのだ。

しゃがんでいたわたしは立《た》ちあがって、いった。

「そういうことなら、すぐにいこう。そのオウムの王子《おうじ》さまがどこにいるか、知《し》ってるのかい？」

「うん。まってるっていってた。」

キュリオはそういってから、つけくわえた。

「オウムの王子《おうじ》さまのねがいがかなったら、ベベにクッキーをもう一まいあげるよ。」

オウムのねがいがどんなものかはわからないけれど、ねがいがかなわなくても、たぶんキュリオはもう一まい、クッキーをくれるだろう。

キュリオはそういう子《こ》なのだ。

II　ジャングルのどうぶつたち

「やっぱり、すいとうをもっていく。」

とキュリオがいうので、キュリオのうちのまえでまっていると、ゆうびんはいたついいんのムッシュー・ゾーゲナンテがとおりかかった。

「ミスター・ベベ。ちょうどいいところで会《あ》いました。あなたのところに、はがきをはいたつするところでした。」

ムッシュー・ゾーゲナンテはそういって、ゆうびんバッグの中《なか》から、はがきを一まい出《だ》して、わたしにわたした。

「どうもありがとう、ムッシュー・ゾーゲナンテ。」

といって、そのはがきを見《み》ると、さしだし人《にん》は、マダム・ローゼンタールだった。マダム・ローゼンタールは西《にし》の海岸《かいがん》で海《うみ》の家《いえ》をやっている。

はがきの上半分《うえはんぶん》は、マダム・ローゼンタールの写真《しゃしん》だった。赤《あか》いドレスをきて、右《みぎ》うでをあげ、左《ひだり》うでをむねのまえで、よこむきにしている。

なにをしているところだろうと思《おも》って、写真《しゃしん》の下《した》の文《ぶん》をよむと、こうかいてあった。

しんあいなるミスター・ベベ。

わたし、ダンスをならいはじめたの。ときどき、海《うみ》の家《いえ》にきたおきゃくさんにダンスを見《み》せるのよ。みんな、ほめてくれる。まだはじめたばかりなんだけど、はまべで練習《れんしゅう》していると、遠《とお》くで見《み》ていた人《ひと》がそばにきて、はくしゅをしてくれるの。いつか、あなたも見《み》にきてね！

ユーリア・ローゼンタール

そういうことなら、こんど見《み》にいこうと思《おも》っていると、いつのまにかムッシュー・ゾーゲナンテはいなくなり、かわりにキュリオとキュリオのママが家《いえ》から出《で》てきた。

「いつも、むすこがごめいわくをかけてすみません。」

キュリオのママはそういって、わたしにかみのふくろをさしだした。

「いや、めいわくなんて、そん

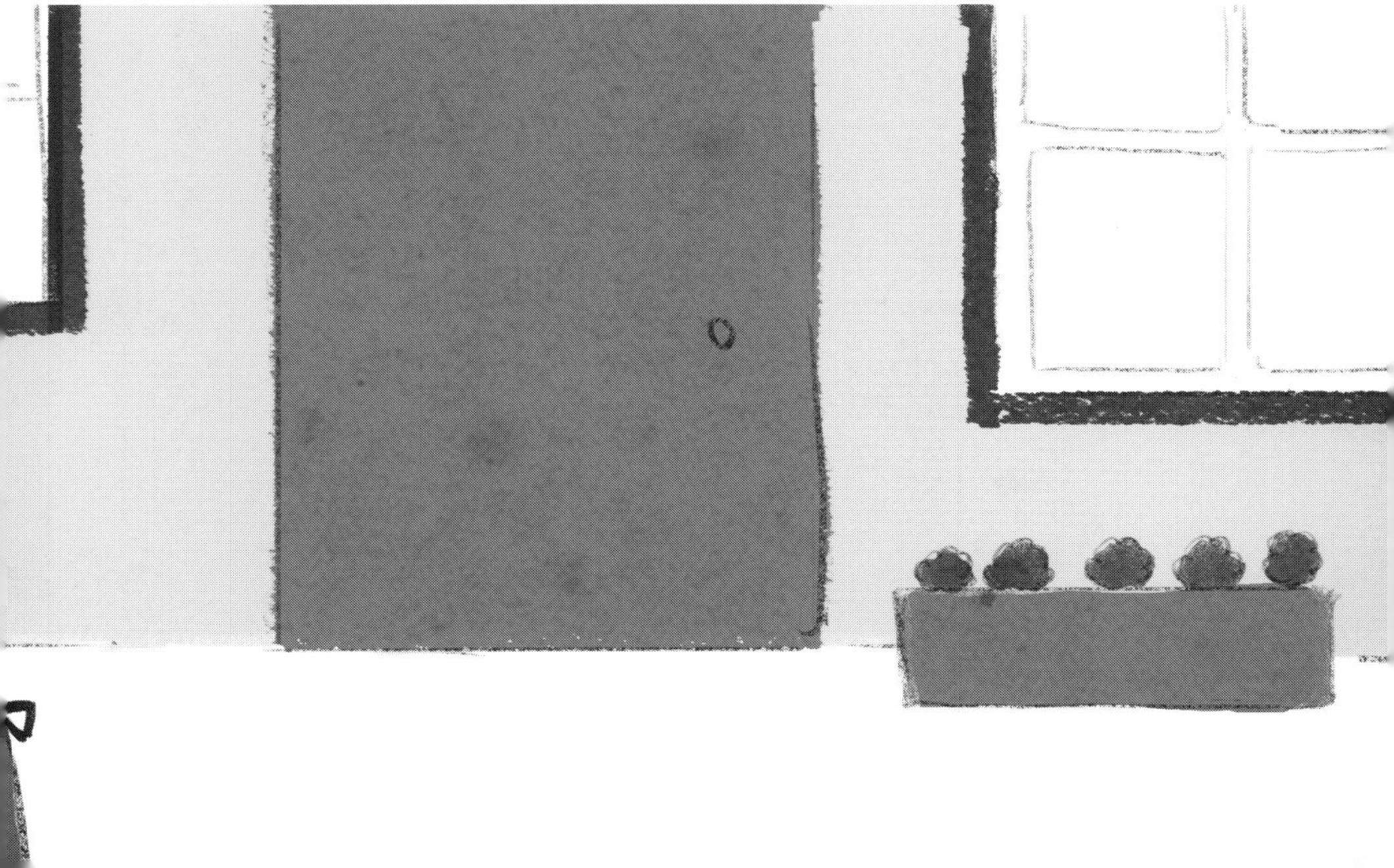

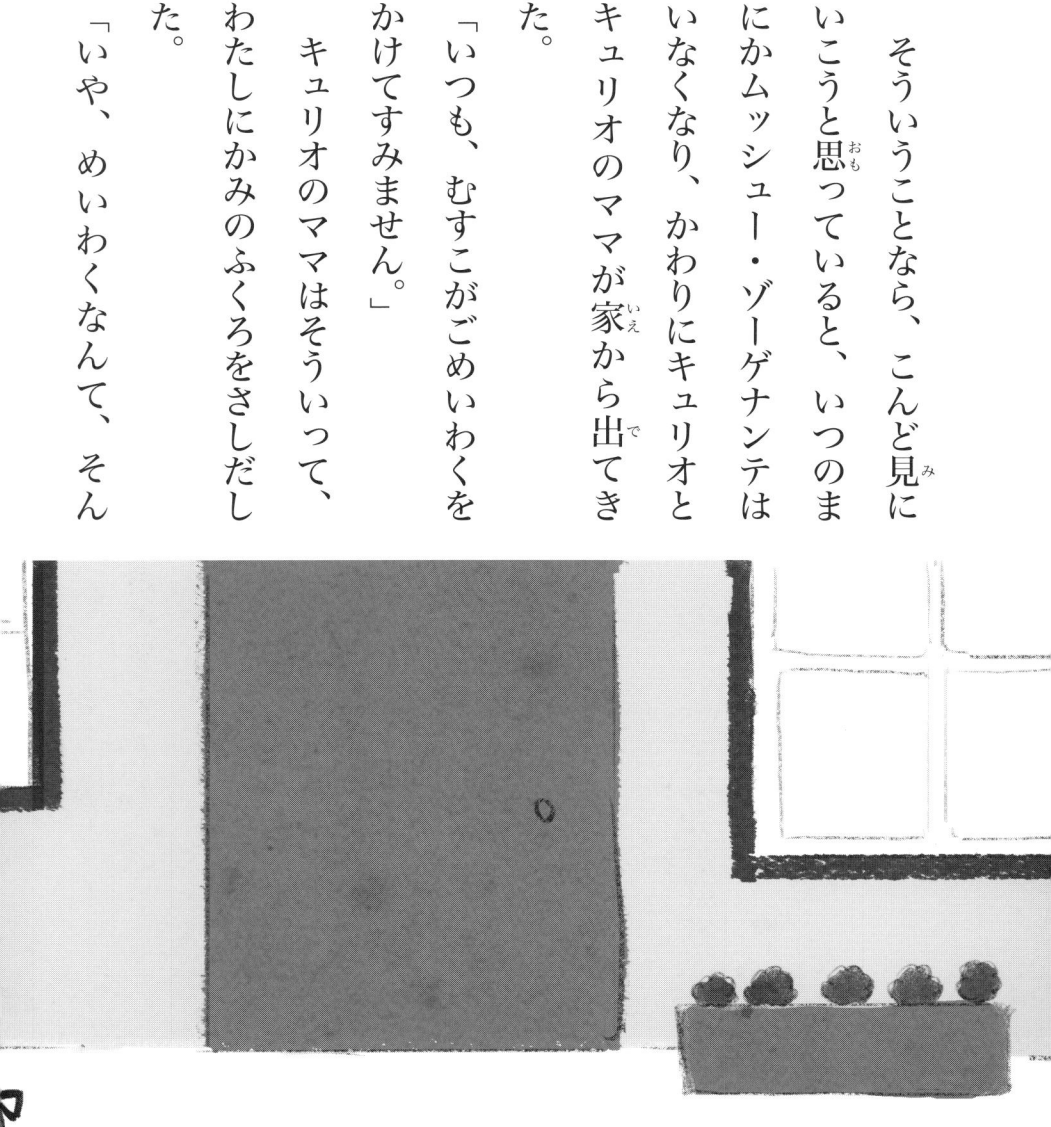

な……。」

といいながら、わたしはかみのふくろをうけとった。のぞかなくても、なかみはわかる。クッキーだ。重《おも》さからいって、三まいは入《はい》っているだろう。

「いつもすみません。どうもありがとう！」

わたしがお礼《れい》をいうと、キュリオが、

「手《て》にもっているの、はがきでしょ。ムッシュー・ゾーゲナンテ

がとどけてくれたんだね。そのはがきとクッキー、ぼくがあずかってあげるよ。」

といったので、わたしは、はがきと、かみのふくろをキュリオにわたした。

キュリオは、かたからななめがけにしたバッグに、はがきとかみのふくろをしまうと、

「さあ、いこう。いってきます！」

といって、さきに歩《ある》きだした。

でも、歩《ある》いたのは、ジャングル

の入《い》り口《ぐち》までで、キュリオは、「ジャングルは木《き》がいっぱいあるし、かたぐるまより、せなかにまたがったほうがいいよね。」といって、わたしのせなかにのってきた。

わたしは、キュリオをせなかにのせて歩《ある》きだし、小道《こみち》が西《にし》と北《きた》にわかれるところまでいくと、「ところで、オウムの王子《おうじ》がまっているところはどっち？」ときいた。

キュリオは答《こた》えた。

「北《きた》のほう。」

「遠《とお》いの？」

わたしはつい、きいてもきかなくてもおなじことをきいてしまった。

遠《とお》かろうが近《ちか》かろうが、キュリオはいったんいくときめたら、なにがなんでもいく。

「さばくまではいかないけど、遠《とお》くてもだいじょうぶだよ。べべにのっていれば、らくちんだし。」

キュリオはあたりまえみたいに、そういった。

ジャングルには、いろいろなどうぶつがいる。ゾウよりも大《おお》きいカメレオンがいたりする。

大《おお》きいカメレオンはあぶない。長《なが》い舌《した》をベロベロベローッとのばして、おそってくるからではない。大《おお》きいカメレオンが道《みち》をふさいで、じっとしていると、なにしろカメレオンはまわりとおなじ色《いろ》になってしまうから、道《みち》にいれば、道《みち》とおなじ色《いろ》になり、こっちが気《き》づかず、ぶつかってしまうことがあるのだ。

それから、にしきへびもいる。にしきへびもあぶない。とくに、にしきへびの子《こ》どもがあぶない。木《き》の枝《えだ》でひる

ねをしていて、ねがえりをうったひょうしに、頭《あたま》におちてくる。けれども、おちてきても、耳《みみ》にかみつくくらいだから、こっちはあんまりあぶなくない。あぶないのは、にしきへびの子《こ》どものほうだ。耳《みみ》にかみついたまま、ついてきてしまう。そうなると、まいごになるかもしれない。

じつをいうと、そういうにしきへびの子《こ》どもをもとの枝《えだ》まで、おくっていったことがあるのだ。

そのときのことを思《おも》いだして、わたしはハッとした。耳《みみ》にかみついていたにしきへびの子《こ》どもをつかんで、耳《みみ》からはずしたとき、にしきへびの子《こ》どもは、

「ごめん。おじさん。とっくに目《め》をさましてたんだけど、声《こえ》をかけにくくて。」

といったのだ。

そのときは、なんとも思《おも》わなかったが、ふつうにはなせるにしきへびの子《こ》どもだっているのだ。口《くち》まねじゃなくて、かんがえてしゃべるオウムだって、いるかもしれないではないか……。

Ⅲ　ひとまず、ふたまず、みまず……

そのオウムは、ただ人間《にんげん》の口《くち》まねをしているだけではなく、かんがえてしゃべっているのだ。そうにちがいない。

キュリオをせなかにのせて、ジャングルの小道《こみち》を歩《ある》きながら、わたしはキュリオにたずねた。

「ところで、オウムの王子《おうじ》のねがいごとって、なんなの?」

「あ、それね。それなら……、」

といってから、キュリオはあたりまえのようにいった。

「オウムの王子《おうじ》さまは、およめさんをさがしているんだ。それで、旅《たび》をして、あちこちの森《もり》にいったんだ。だけど、見《み》つからないんだって。だから、ぼくはオウムの王子《おうじ》さまが、およめさんを見《み》つけるてつだいをしてあげるって、約束《やくそく》したの。」

それは、小《ちい》さな子《こ》どもがあたりまえのようにいうことではない。いや、おとなだって、そんなことをあたりまえのようにはいわない。

わたしは歩《ある》くのをやめ、首《くび》をまげて、いった。

「およめさんをさがすてつだいっていうのは、つまり、けっこんするあいてをさがすてつだいってことだろ。」

「そうだよ。このジャングルに

は、けっこうオウムがいるし、その中《なか》には、王子《おうじ》さまが気《き》にいるような、すてきなオウムだっているんじゃないかな。それより、どうして歩《ある》くのやめたの？　くたびれちゃった？」

「いや。つかれてはいないけど……。」

といって、わたしはため息《いき》をつき、また歩《ある》きだした。

人間《にんげん》だってどうぶつだって、けっこんなんて、そんなにかんたんじゃない。いくらこっちが気《き》にいっても、あいてがこっちを好《す》きになってくれなければ、だめなのだ。

わたしは、これはこまったことになるかもしれないと思《おも》った。でも、キュリオはオウムの王子《おうじ》に、ねがいをかなえる、といったわけではなく、ねがいをかなえるてつだいをする、といっただけらしい。わたしは、それをたしかめてみることにした。

「ねえ、キュリオ。きみはオウムの王子《おうじ》に、およめさんを見《み》つけてやるって、そういったわけじゃなくて、ねがいをかなえるてつだいをするって約束《やくそく》しただけだろ。」

「そうだよ。」

とキュリオが答《こた》えたので、わたしはひとまずほっとした。

でも、ひとまずというのは、あくまでひとまずでしかなかった。そういうことばがあるかどうか知《し》らないけれど、ひとまずのつぎには、ふたまずがくる。

キュリオはいった。

「だけど、ねがいをかなえるてつだいをするのと、ねがいをかなえるのって、たいしてかわらないよ。」

「そんなことはないだろう。」

とわたしがいうと、キュリオはこういった。

「いいわすれてたけど、ぼくはオウムの王子《おうじ》さまに、ぼくには、べべっていう、白《しろ》いくまのともだちがいて、べべにたのめば、どんなねがいだって、かなえてもらえるっていったんだ。そうしたら、オウムの王子《おうじ》さまはすごくよろこんで、そのくまに会《あ》いたいっていうから、べべをむかえにきたわけなんだ。」

やっぱり、ふたまずがきた。わたしは気《き》がおもくなってきた。それで、うつむいて歩《ある》いていくと、キュリオがいった。

「べべ！　たおれた木《き》が道《みち》をふさいじゃってるよ。」

顔《かお》をあげて、まえを見《み》ると、たしかに太《ふと》い木《き》が道《みち》にたおれている。

わたしはいった。

「だいじょうぶだよ。あんな木《き》くらい、かんたんにとびこえられる。」

すると、キュリオはいった。

「そりゃあ、べべならとびこえられるかもしれないけど、人間《にんげん》だったら、ひととびってわけにはいかないよ。あぶないから、どかしたほうがいいよ。」

たしかに、キュリオのいうとおりだ。

わたしは木《き》のそばまでいくと、キュリオにせなかからおりてもらい、その木《き》をもちあげて、道《みち》のわきにどけた。

その木《き》はけっしてかるくはなかったが、それくらいなら、〈木《き》がおもく〉ても、〈気《き》はおもく〉ならない……、なんていうしゃれをかんがえついたら、オウムの王子《おうじ》のおよめさんさがしも、なんとかなるんじゃないかと思《おも》いはじめてきた。

わたしはまたキュリオをせなかにのせて、歩《ある》きだした。

おもい気《き》がちょっとかるくなったところで、そばの木《き》を見《み》あげると、枝《えだ》と枝《えだ》のすきまから、日《ひ》の光《ひかり》がさしこんで、まぶしい。

「こもれびがまぶしいね。」

わたしがつぶやくと、キュリオがわたしにたずねた。

「こもれびって、なに？」

「そこの木《き》を見《み》てごらん。枝《えだ》のあいだが光《ひか》ってるだろ。あれのこと。」

「ふうん。あの銀色《ぎんいろ》のやつ、こもれびっていうのか。」

「銀色《ぎんいろ》じゃなくて、金色《きんいろ》だろ。」

「銀色《ぎんいろ》だよ。黄色《きいろ》っぽく光《ひか》るのが金色《きんいろ》で、白《しろ》っぽく光《ひか》るのは銀色《ぎんいろ》だよ。」

せなかにのっているキュリオが体《からだ》をそらせて、上《うえ》を見《み》ているのがわかった。

今《いま》は、こもれびが金色《きんいろ》か銀色《ぎんいろ》かをはなしているときではない。もっとさしせまった問題《もんだい》がある。

わたしはキュリオにきいてみた。

「ところで、キュリオのパパはどうやって、キュリオのママを見《み》つけたのかな？」

「そのときはまだ、ぼくは生《う》まれてきてないから、よくわからないよ。」

キュリオがいうのも、もっともだ。こんなことなら、さっき、キュリオのパパにきいてくればよかった。

「そりゃそうだよなあ。いったい、人間《にんげん》はどうやって、およめさんを見《み》つけるんだろ。」

「パパとママのことはわからないけど、こないだ、パパのともだちのマルチネスさんがうちにきて、けっこんしたいんだけど、どうしたら、およめさんにきてもらえるかって、パパにきいてたよ。マルチネスさんは、ずっとおよめさんをさがしているんだ……。」

キュリオはそこまでいって、なにかに気《き》づいたように、

「あっ！」

と声《こえ》をあげた。

ひょっとすると、そのマルチネスさんのおよめさんさがしのことで、キュリオは、なにかオウムのけっこんにつ

いて思《おも》いついたのかもしれない。

「なにか、わかったのかい？」

わたしがきくと、キュリオはいった。

「今《いま》、思《おも》ったんだけど……。」

おーっ！　ふたまずのつぎはみまず……かと思《おも》ったら、そうではなかった。

「べべはなんで、およめさんがいないの？」

キュリオはそういったのだ。

「ううむ、今《いま》のところ、ほしくないからじゃないかな。」

みまずからふたまずにもどって、ひとまずわたしはそう答《こた》えて、はなしをもとにもどした。

「それで、そのマルチネスさんにきかれて、パパはどう答《こた》えたんだ?」

「『およめさんがほしいときは、まず、家《いえ》をたてないといけませんね。』って、そういってた。」

「わかった! 家《いえ》だな、やっぱり!」

気分《きぶん》が明《あか》るくなって、つい声《こえ》が大《おお》きくなったところで、わたしは、オウムはどんな家《いえ》にすむのか、知《し》らないことに気《き》づいた。それで、キュリオにきいてみた。

「ところで、キュリオ。オウムって、どんな家《いえ》にすむのか、知《し》ってる?」

「ヤマバトの巣《す》なら、知《し》ってる。ヤマバトは小枝《こえだ》をあつめて、おさらみたいな巣《す》を作《つく》るんだ。ぼく、見《み》たことあるよ。」

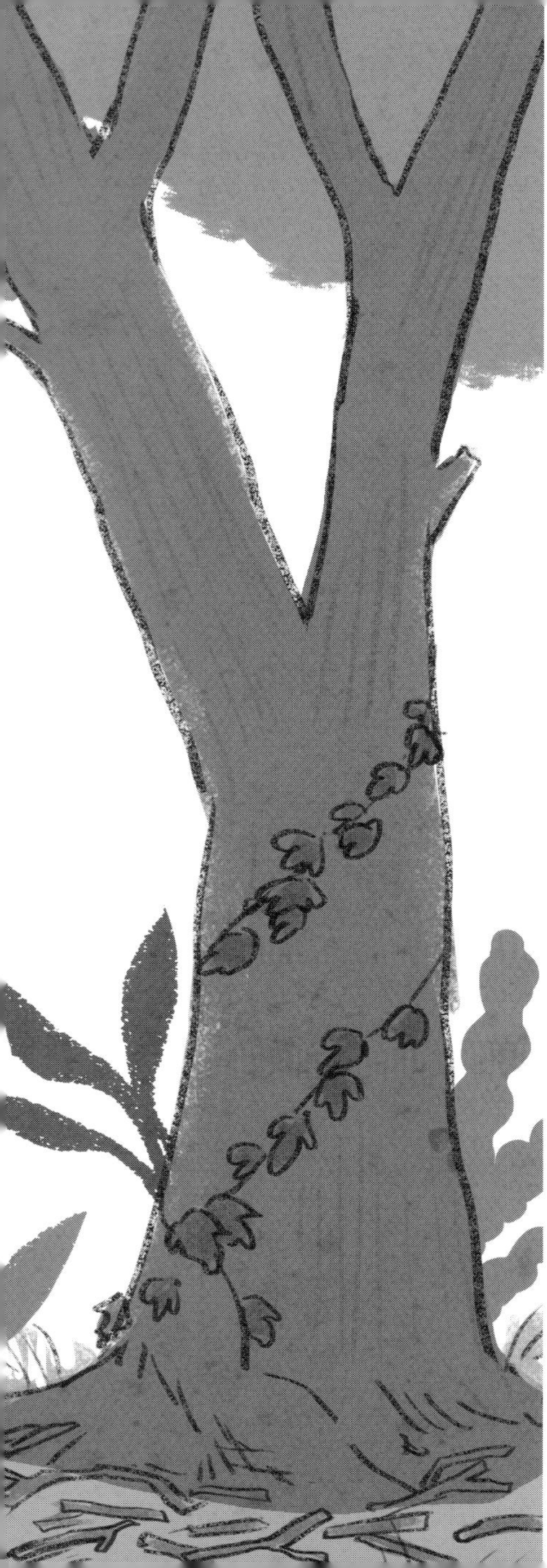

ヤマバトの巣《す》なら、わたしも見《み》たことがある。ヤマバトだってオウムだって、鳥《とり》にはちがいない。巣《す》だって、たいしてかわりはないだろう。ちがうのは大《おお》きさくらいのものだ。

そう思《おも》ったとき、ちょうどよく、まえに、つる草《くさ》がからんだ太《ふと》い木《き》が一本《ぽん》見《み》えてきた。そこまでいくと、下《した》にかれ枝《えだ》がたくさんおちている。

オウムの王子《おうじ》がまっているところまでいっても、こんなにつごうのいい木《き》があるとはかぎらない。うまいぐあいに、近《ちか》くにはせの高《たか》い岩《いわ》がある。ヤマバトの巣《す》の大《おお》きいやつを作《つく》って、岩《いわ》の上《うえ》にのせれば、オウムの王子《おうじ》の家《いえ》ができる！

わたしはキュリオにてつだってもらい、かれ枝《えだ》のたばをつる草《くさ》でむすんだり、つないだりして、大《おお》きなヤマバトの巣《す》を作《つく》り、それをかついで岩《いわ》の上《うえ》にはこんだ。

下《した》を見《み》ると、キュリオがはくしゅをしてから、大声《おおごえ》でいった。

「オウムの王子《おうじ》さまに会《あ》ったら、ここにつれてくればいいんだね！」

「ま、そういうことだね。」

わたしは岩《いわ》からおりると、またキュリオをせなかにのせて、歩《ある》きだした。

Ⅳ　オウムの王子《おうじ》

岩《いわ》からそんなに遠《とお》くないところに、小《ちい》さないずみがある、そのいずみのそばの高《たか》い木《き》の上《うえ》に、オウムがいた。

わたしたちがくるのがわかったようで、オウムは木《き》からまいおりてきて、近《ちか》くの木《き》のいちばん下《した》の枝《えだ》にとまった。

それは、まっ赤《か》なオウムだった。まっ赤《か》といっても、体中《からだじゅう》、どこもかしこも赤《あか》いわけではない。目《め》のまわりは白《しろ》く、くちばしは黒《くろ》い。足《あし》は灰色《はいいろ》。つばさのさきが青《あお》い。

目《め》のまえの枝《えだ》におりてくるなり、オウムはわたしを見《み》て、いった。

「あなたがセニョール・べべですね。キュリオくんから、おはなしをうかがっております。どんなねがいでも、かなえてくださるそうで。おききおよびのことと思《おも》いますが、わたしはつまをさがして、旅《たび》をしております。もうしおくれましたが、わたしはオウムの王《おう》子《じ》、プリンス・ローテンブルクです。」

オウムの名《な》まえは〈ロテンブロ〉ではなかった。〈ローテンブルク〉だったのだ。キュリオは〈ローテンブルク〉を〈ロテンブロ〉とききちがえたのだ。

それはともかく、わたしは、やっぱりそのオウムは人間《にんげん》の口《くち》まねをしているだけではないと思《おも》った。口《くち》まねなら、そんなに長《なが》い文章《ぶんしょう》はいえない。

それから、わたしはそれがただのオウムなのではなく、オウムの王子《おうじ》だということも、なっとくした。ことばづかいがていねいで、しゃべりかたに、どことなく品《ひん》があるのだ。

「どんなねがいもかなえるというのは、いくらなんでもいいすぎです。でも、でんかのおよめさんさがしをてつだうことは、できるかもしれません。」

なにしろあいては王子《おうじ》なのだ。〈あなた〉とよぶよりは、〈でんか〉といったほうがいいだろう。

わたしはそういってから、オウムのローテンブルク王子《おうじ》がなにかいうまえに、

「そうなると、やはり、家《いえ》がいるのではないかと思《おも》い、ここにくるとちゅう、わたしとキュリオで、でんかがおすみになる巣《す》を、じゃ

ない、家《いえ》を作《つく》ってまいりました。」

といいたした。

〈巣《す》〉といってしまってから、〈家《いえ》〉といいなおしたのは、なにしろ王子《おうじ》なのだから、すむばしょを〈巣《す》〉というのは、ちょっとなあ……と思《おも》ったからだ。

「家《いえ》ですか？　家《いえ》ねえ。なるほど、でも……。」

といいかけて、オウムの王子《おうじ》は、

「いやいや、では、なにはともあれ、せっかくですから、そのおう

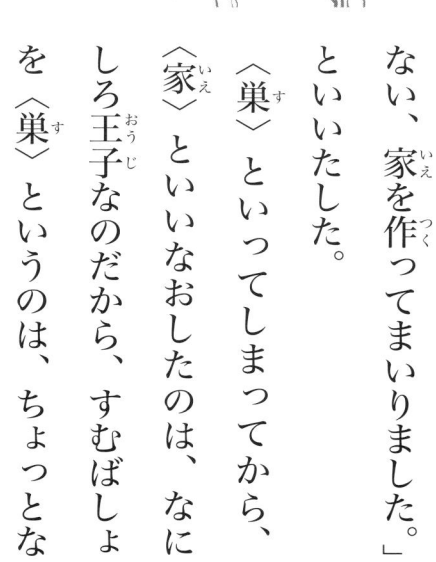

ちを見《み》せていただきましょう。それで、その、作《つく》っていただいた家《いえ》はどこにあるのです？」

とたずねた。

「今《いま》、わたしたちがきた道《みち》をちょっともどったところに、大《おお》きな岩《いわ》があって、家《いえ》はその上《うえ》にあります。わたしとキュリオはあとからいきますから、でんかはさきにとんでいって、ごらんになってはいかがでしょうか。そのあたりに、大《おお》きな岩《いわ》はそこしかありませんから、すぐにわかりますよ。」

「そうですか。そういうことなら、そういたしましょう。では、おさきに！」

オウムの王子《おうじ》はそういうと、ゆっくりとつばさをふって、空《そら》にまいあがった。

そのあとをおって、岩《いわ》の下《した》につくと、わたしはキュリオをおんぶし、岩《いわ》の上《うえ》にのぼった。

オウムのローテンブルク王子《おうじ》は、大《おお》きなヤマバトの巣《す》みたいな家《いえ》の中《なか》から、顔《かお》を出《だ》していた。そして、わたしにたしかめた。

「これが、作《つく》っていただいた家《いえ》ですか。」

「そうです。お気《き》にめしましたか？」

キュリオをせなかからおろしながらきくと、オウムのローテンブルク王子《おうじ》は、

「あ、いや、その……。」

といってから、首《くび》をかたむけた。そして、こういったのだ。

「せっかく作《つく》っていただいたのですが、オウムの巣《す》というのは、こういうのではないのです。」

「こういうのではない？」

わたしが首《くび》をかしげると、ローテンブルク王子《おうじ》は、いかにもいいにくそうにいった。

「こういうヤマバトの巣《す》のようなのではなくて、つまり……。」

いくらオウムでも、なにしろ王子《おうじ》なのだから、お城《しろ》のようなところにすむのではないだろうか。高《たか》い塔《とう》のいちばん上《うえ》の、屋根《やね》とかかべとか、まどがあるへやでないといけなかったのだろうか。でも、そんなのを作《つく》るのはむずかしい、というよりむりだ。

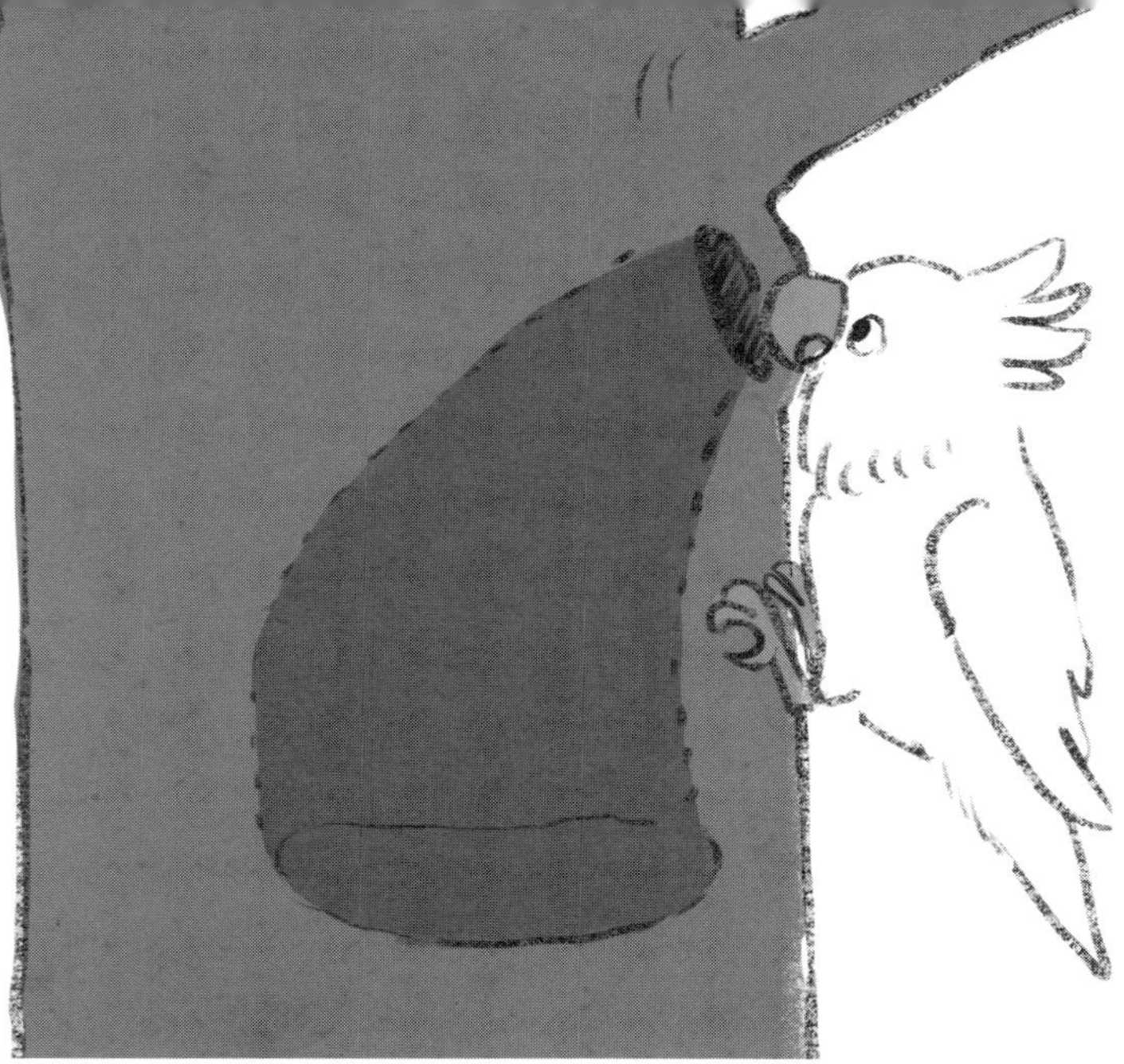

わたしがそう思《おも》っていると、ローテンブルク王子《おうじ》はいった。

「木《き》のあななのです。」

あまりの意外《いがい》さに、わたしはききかえした。

「木《き》のあな？」

「そうです。木《き》のあなです。ほら、太《ふと》い木《き》などに、よくあながあるでしょ？　リスなどがすむようなあな。ああいうあなです。」

「あなですか？　オウムさんたちは、木《き》にあなをあけて、そこにす

むのですか？」

「いや、そうじゃなくて、というのは、わたしたちがあなを作《つく》るのではないのです。だって、わたしたちはキツツキとはちがい、くちばしがまがっていて、あなほりにはむいていませんからね。」

ローテンブルク王子《おうじ》がそう答《こた》えたところで、キュリオがきいた。

「じゃあ、けらいのキツツキに、あなをほらせるの？」

それをきいて、ローテンブルク王《おう》子《じ》ののどから、

「クルッ、クルッ、クルッ……。」

という音《おと》がもれた。

きっと、それはわらい声《ごえ》だったのだろう。

その音《おと》がおさまったところで、ローテンブルク王子《おうじ》はキュリオに、

「キュリオくん。オウムはキツツキをけらいになんかしないよ。」

といってから、わたしを見《み》た。そして、いった。

「オウムはあなをほるのではなく、木《き》のあなを見《み》つけて、そこを家《いえ》にするのです。」

「へえ、そうだったのですか。」

といってから、わたしはたずねた。

「でも、そういう天然《てんねん》の、つまりしぜんにできたあなでなければ、どうしてもいけないというわけではないんでしょ。だれかが作《つく》ったあなでも、かまわないのではないですか。」

「それはそうです。」

とローテンブルク王子《おうじ》が答《こた》えたので、わたしはほっとした。

森《もり》の木《き》に、一本一本《いっぽんいっぽん》のぼって、オウムの大《おお》きさにあうようなあなを見《み》つけるのはたいへんだ。天然《てんねん》のあなでなくてもいいのなら、木《き》にあなをあけるなんて、くまならだれでも、かんたんにできる。

郵便はがき

料金受取人払郵便

小石川局承認

1108

差出有効期間
2024年 7 月31
日まで
（切手不要）

112-8731

東京都文京区音羽二丁目
十二番二十一号

講談社
児童図書編集 行

愛読者カード

今後の出版企画の参考にいたしたく存じます。ご記入の上
ご投函くださいますようお願いいたします。

お名前

ご購入された書店名

電話番号

メールアドレス

お答えを小社の広告等に用いさせていただいてよろしいでしょうか？
いずれかに○をつけてください。 〈 YES　NO　匿名なら YES〉

TY 000049-2205

この本の書名を
お書きください。

あなたの年齢　　歳（小学校　　年生　　中学校　　年生 / 高校　　年生　　大学　　年生）

●この本をお買いになったのは、どなたですか？

本人　2. 父母　3. 祖父母　4. その他（　　　　）

●この本をどこで購入されましたか？

書店　2. amazon などのネット書店

●この本をお求めになったきっかけは？（いくつでも結構です）

書店で実物を見て　2. 友人・知人からすすめられて

図書館や学校で借りて気に入って　4. 新聞・雑誌・テレビの紹介

SNS での紹介記事を見て　6. ウェブサイトでの告知を見て

カバーのイラストや絵が好きだから　8. 作者やシリーズのファンだから

著名人がすすめたから　10. その他（　　　　）

●電子書籍を購入・利用することはありますか？

ひんぱんに購入する　2. 数回購入したことがある

ほとんど購入しない　4. ネットでの読み放題で電子書籍を読んだことがある

●最近おもしろかった本・まんが・ゲーム・映画・ドラマがあれば、教えてください。

●この本の感想や作者へのメッセージなどをお願いいたします。

「それなら、おまかせください。木《き》をえらんでもらえば、わたしがすぐにあなをあけます！」

わたしがはりきってそういうと、ローテンブルク王子《おうじ》はこまったようにうつむいた。そして、ゆっくり顔《かお》をあげると、こういった。

「セニョール・ベベ。ひょっとすると、くまは家《いえ》を作《つく》ると、それを見《み》つけて、女性《じょせい》のくまがやってくるのかもしれません。でも、オウムはちがうのです。家《いえ》よりも、あいてがさきなのです。あいてがいてこその家《いえ》です。だから、家《いえ》があれば、そこにおよめさんがきてくれる、というものではないのです。」

くまだって、それはおなじだ。

わたしはうかつだった。

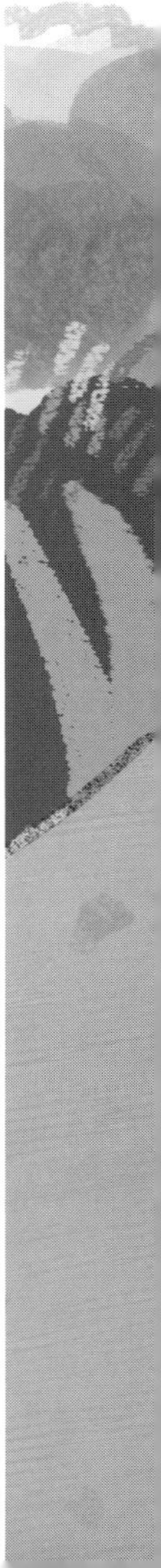

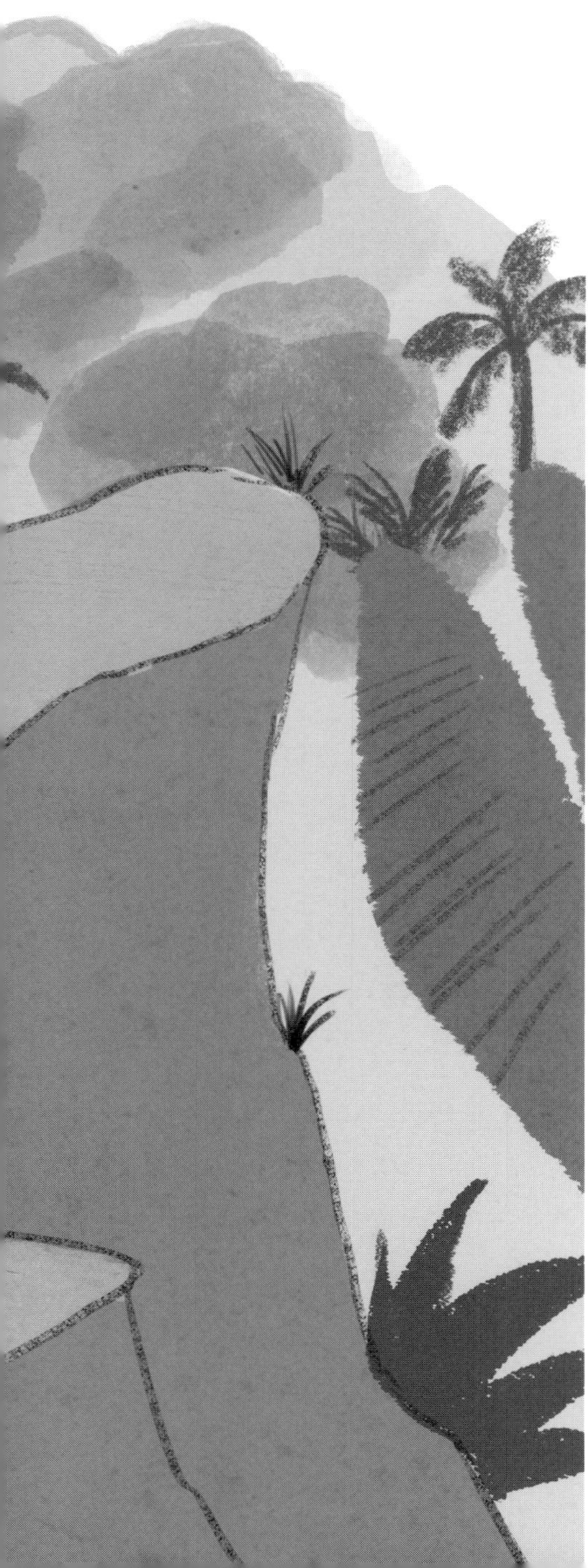

家《いえ》があれば、そこにおよめさんがくるというものではない。およめさんがくるから、家《いえ》をさがしたり、作《つく》ったりするのだ。およめさんは家《いえ》とけっこんするのではない！

「なるほど、これは失礼《しつれい》いたしました。」

わたしはそういうしかなかった。

V　サクラの木《き》の下《した》のそうだん

およめさんがくるから、すむところがひつようなわけで、
家《いえ》があれば、およめさんがくるわけではない。
まあ、すむところがあったほうが、
およめさんはきやすいだろうが。
では、どうするか？
きっとそのとき、わたしは
こまりきった顔《かお》をしていたのだろう。
キュリオが、
「べべ。クッキーを食《た》べたらどう？」
といって、バッグの中《なか》から、

かみぶくろを出《だ》し、そこから
クッキーを一まいぬきとった。
オウムの家《いえ》を作《つく》るというのは、
ぜんぜんいい案《あん》ではなかったけれど、
こういうとき、キュリオのママが
やいたクッキーを食《た》べるのは名案《めいあん》だ。
クッキーを食《た》べれば、いい案《あん》が
うかぶかもしれない。
わたしはキュリオからクッキーをうけとり、
「ありがとう。」
といってから、ローテンブルク王子《おうじ》にきいた。

「これは、キュリオのママがやいたクッキーなのですが、たいへんおいしいのですよ。おひとつ、いかがです？」

「ありがとうございます。でも、クッキーというか、クッキーでなくても、やいたり、にたりしたものは、わたしたちはあまりいただきません。」

「それじゃあ、どんなものを？」

わたしがたずねると、ローテンブルク王子《おうじ》は答《こた》えた。

「たねとか、くだものです。」

「そうですか、たねとか、くだものですか。キュリオのママのクッキーはさいこうなのになあ。それでは、わたしだけ、失礼《しつれい》します。」

といって、わたしはクッキーをひと口《くち》で食《た》べた。そして、食《た》べおわってから、なんとなく、

「たねとか、くだものねえ。まあ、くだものを食《た》べれば、ついでにたねも食《た》べられるってわけですね。なるほど、くだものねえ……。」

といったのだが、そのしゅんかん、名案《めいあん》がひらめいた。

けれども、いくらじぶんで名案《めいあん》だと思《おも》っても、ぜんぜん名案《めいあん》なんかじゃないことが、今《いま》あったばかりだ。

わたしはローテンブルク王子《おうじ》に、

「わたしだけクッキーをいただいたのでは、おきゃくさまに失礼《しつれい》ですから、ちょっとここでまっていてくれませんか。近《ちか》くに、いいサクランボの木《き》があって、おいしいサクランボがとれるのです。それをもってきますから。」

といい、ローテンブルク王子《おうじ》がなにかいうよりも早《はや》く、キュリオをおぶって、岩《いわ》から地面《じめん》におりた。

ほんとうに、近《ちか》くにいいサクランボの木《き》があるのだ。わたしは、そこまでいって、キュリオをせなかからおろした。

キュリオは、みのったサクランボを見《み》あげて、

「こんなところにサクランボの木《き》があるなんて知《し》らなかったよ。ぼくも、食《た》べていい？」

といい、木《き》にのぼりだした。

「まって、キュリオ！　サクランボをとるまえに、そうだんがあるんだ。じつは、いい案《あん》を思《おも》いついてね。王子《おうじ》にいうまえに、キュリオの意見《いけん》をききたいんだよ。」
わたしがそういうと、キュリオは木《き》のぼりをやめ、わたしの顔《かお》を見《み》て、いった。

「そうだんって？」

わたしはいった。

「岩《いわ》の上《うえ》から、さっきの巣《す》をどかして、あそこに、サクランボをたくさんならべるっていうのは、どうだろうか。いや、ならべるなんていう、なまやさしいもんじゃだめだな。てんこもりに、サクランボを岩《いわ》の上《うえ》にもりつけるんだ。〈森《もり》〉でとったサクランボを岩《いわ》の上《うえ》に、〈もり〉つけるなんて、しゃれにもなっていて、すてきだろ。」

でも、わたしの案《あん》をきいて、キュリオは、
「それ、いいね！」
とはいわなかった。
そのかわり、まず、
「ううん、どうかなあ……。」
といってから、わたしにきいた。
「べべがおよめさんがほしくなったら、
そうやって、あの岩《いわ》の上《うえ》に
サクランボをもりつける？」
わたしは、
「え、わたしが？
わたしがおよめさんを

ほしくなったらだって？

今《いま》のところほしくないからなあ。」

といってから、

「それにさ。もし、それで、すてきなくまがやってきても、それは、サクランボを食《た》べたいからきたのであって、わたしのところにきたわけじゃないし……。」

といいたしたのだが、そこまでいったところで、口《くち》をつぐんだ。

そのあと、わたしは、

「それに、もし、そこでわたしとであっても、そんなくまは、くいしんぼうみたいで、なんだかなあ……。」

といおうとしたのだ。

わたしはそうはいわずに、

「やっぱり、この案《あん》もだめだったな。よかった、ローテンブルク王《おう》子《じ》にいわなくて。」

といった。

それからわたしは、キュリオとふたりで、サクラの木《き》にのぼり、キュリオのバッグに入《はい》るだけサクランボをつめこんで、ローテンブルク王《おう》子《じ》のまっている岩《いわ》の上《うえ》にもどった。

キュリオはサクランボをじぶんでも食《た》べながら、ひとつぶずつつまんで、ローテンブルク王子《おうじ》の口《くち》にもっていって、食《た》べさせた。

なんつぶか食《た》べたあと、ローテンブルク王子《おうじ》はいった。

「なるほど、これはおいしい！　どうもありがとうございます。これがなっているサクラの木《き》はどこにあるのですか？　あとで、場所《ばしょ》をおしえてください。およめさんが見《み》つかったら、ぜひ、いっしょにとんでいって、なかよく食《た》べてみたいものです。」

「ぜひ、そうしてください。」

わたしは、サクランボを岩《いわ》の上《うえ》にもりつける案《あん》なんか、ぜんぜん思《おも》いつかなかったかのように、そういったのだった。

VI　正気《しょうき》の沙汰《さた》

「およめさん、見《み》つからないかなあ。パタパタパタッて、空《そら》からおりてきてくれないかなあ。」

キュリオはそういって、空《そら》を見《み》あげてから、

「あっ！」

と声《こえ》をあげた。

わたしは、だれかがおりてきたのかと思《おも》い、空《そら》に目《め》をやったが、空《そら》には、オウムどころか、スズメすらとんでいなかった。

「なんだよ、キュリオ。びっくりするじゃないか。どうしたの?」

わたしがキュリオの顔《かお》を見《み》ると、キュリオはいった。

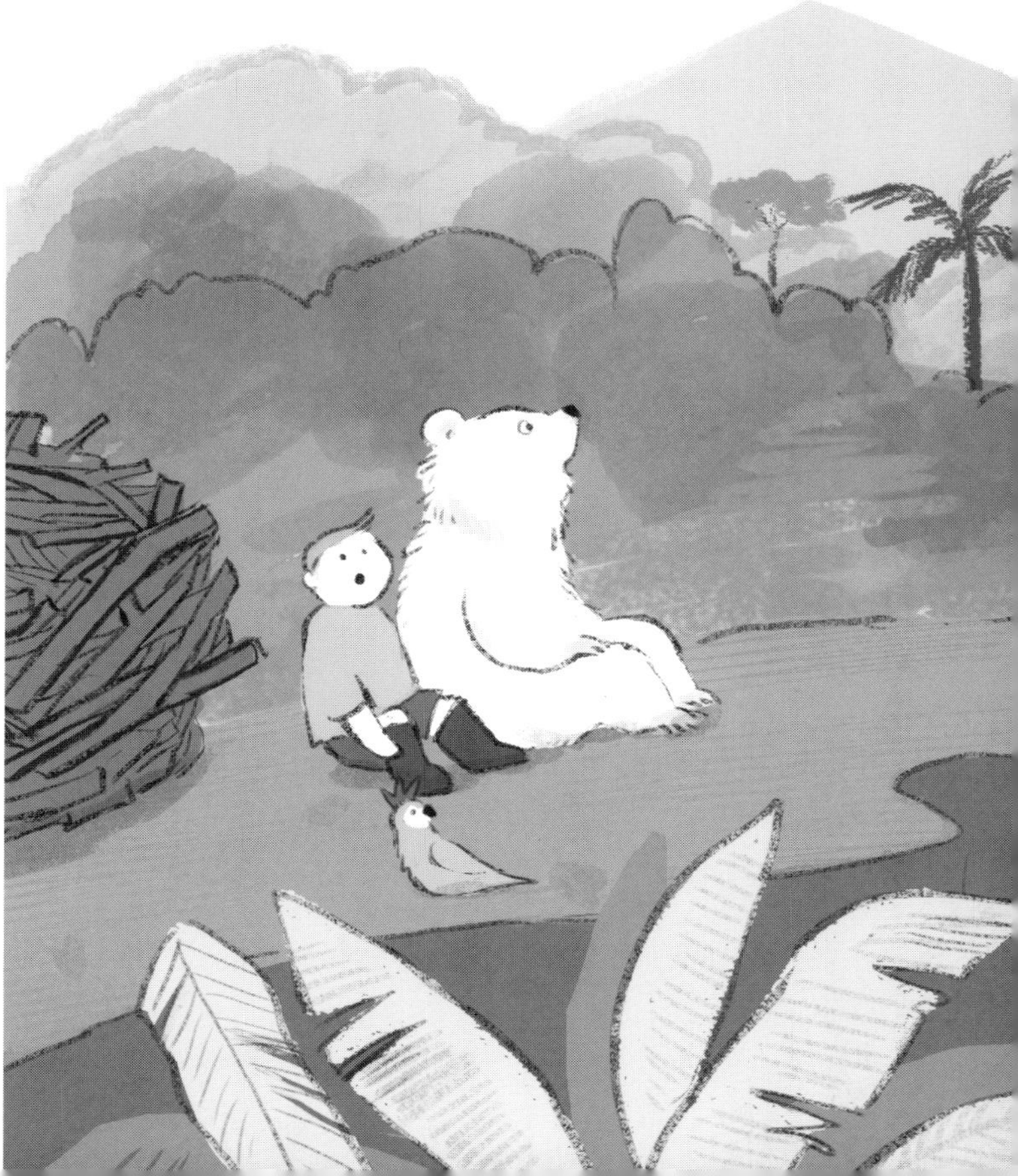

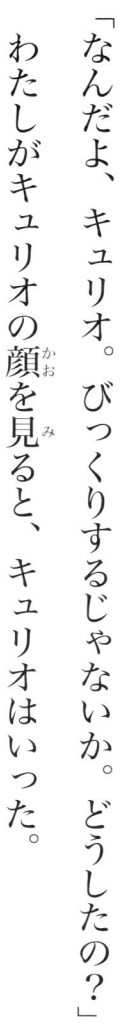

「ぼく、思《おも》いだしたんだよ。パパは夜《よる》、ママのうちのまえでお歌《うた》を歌《うた》ったんだって。」

「パパがママのうちのまえで、歌《うた》を歌《うた》ったって、それ、へんじゃないか。パパとママとキュリオは、おなじうちにすんでるんだから、それって、パパがじぶんのうちのまえで、歌《うた》ったってこと？」

「ちがうよ。今《いま》じゃないよ。ぼくが生《う》まれるまえだよ。パパとママがけっこんするまえのこと。パパはママがすきになって、ママのうちのまえで、お歌《うた》を歌《うた》ったんだ。」

「どんな？」

「好《す》きさ、好《す》きさ、きみが好《す》きさ。けっこんしておくれ〜！」

キュリオはきみょうなふしをつけて、そう歌《うた》ってから、いった。

「……っていう歌《うた》。」

「パパはキュリオに、そのメロディーもおしえてくれたの？」

「おしえてくれたっていうか、今《いま》だってときどき、パパは歌《うた》うし。」

「もうけっこんして、キュリオっていう子《こ》もいるのに、けっこんしておくれ〜って歌《うた》うの？」

「ううん。『好《す》きさ、好《す》きさ、きみが好《す》きさ。』まではおなじだけど、そのあとがちがう。『きげんをなおしておくれ〜！』にかわるんだよ。ママのきげんが悪《わる》いとき、パパがこれを歌《うた》うと、ママのきげんがなおるんだよ。」

わたしは、だんだんばかばかしくなってきた。

「だけど、キュリオのママは、パパの歌《うた》をきいて、パパのことが好《す》きになって、けっこんする気《き》になったのかなあ。」

わたしがそういうと、キュリオは首《くび》をふった。

「ううん。歌《うた》をきくまえから、ママもパパが好《す》きだったんだけど、歌《うた》をきいたら、よけい好《す》きになって、それでけっこんしたんだって。」

そりゃあ、そうだろうなあ……、とわたしは思《おも》った。

あいてがこっちをちょっとは好《す》きで、しかも、あいてが近《ちか》くにいるとか、あいての近《ちか》くにいくとかできるなら、歌《うた》でけっこんをもうしこむのもいいかもしれない。でも、ローテンブルク王子《おうじ》のばあいは、そもそもあいてが見《み》つかっていないのだ。好《す》きもきらいもない。

でも、ほかにいい案《あん》があるわけではない。

わたしは、ローテンブルク王子《おうじ》にいってみた。

「じゃあ、歌《うた》ってみます？」

すると、ローテンブルク王子《おうじ》は、あんがいのりきで、

「やってみましょう！」

というなり、歌《うた》いだした。

「好《す》きさ、好《す》きさ、きみが好《す》きさ。

けっこんしておくれ〜！」

すると、とつぜんきれいなオウムが空《そら》からおりてきて……なんていうことにはならず、つづけて三かい歌《うた》うと、ローテンブルク王子《おうじ》は、

「さあ、ごいっしょに！」

とわたしとキュリオをさそった。

キュリオはすぐに、ローテンブルク王子《おうじ》にあわせて歌《うた》いだした。

「好《す》きさ、好《す》きさ、きみが好《す》きさ。けっこんしておくれ～！」

しかたなく、わたしも歌《うた》いはじめた。

「好《す》きさ、好《す》きさ、きみが好《す》きさ。けっこんしておくれ～！」

ローテンブルク王子《おうじ》とキュリオとわたしの声《こえ》がジャングルにひびく。

「好《す》きさ、好《す》きさ、きみが好《す》きさ。けっこんしておくれ～！」

かんがえてもみてほしい。ジャングルの中《なか》の岩《いわ》の上《うえ》の、大《おお》きなヤマバトの巣《す》みたいなもののそばで、オウムと人間《にんげん》の子《こ》どもと、白《しろ》いくまが大声《おおごえ》で、

「好《す》きさ、好《す》きさ、きみが好《す》きさ。けっこんしておくれ～！」

と歌《うた》っているのだ。

こういうのを〈正気《しょうき》の沙汰《さた》ではない〉というのだ。

でも、そう思《おも》っているのはわたしだけで、ローテンブルク王子《おうじ》もキュリオも、のりのりで歌《うた》っている。

「好《す》きさ、好《す》きさ、きみが好《す》きさ。けっこんしておくれ〜！」

そのうち、キュリオは手《て》と足《あし》をあげたりさげたりして、おどりはじめた。

それを見《み》て、ローテンブルク王子《おうじ》は、

「いいですね、キュリオくん。わたしたちはそうやって、おどって、けっこんをもうしこむのです。」

といった。

それは、あいてが見《み》ていてのことだろう。だれも、見《み》ていないと

ころでおどったって、むだではないか……と、わたしは思《おも》ったが、
そのとき、わたしはかんがえなおした。

いや、どこかで見《み》ているかもしれない。もし、見《み》ていなくても、歌声《うたごえ》がきこえれば、近《ちか》くにくるかもしれないし、ダンスだって見《み》るかもしれない。

キュリオだけではなく、ローテンブルク王子《おうじ》も、わたしのことをたよりにしているのだし、たよりにされているわたしが、こんなことやってもむだじゃないか、なんて思《おも》っていてはいけない。まずは、できることをぜんぶするしかない！

こうなったら、〈正気《しょうき》の沙汰《さた》ではない〉なんていってないで、できるだけめだつように、遠《とお》くから、たとえば、空《そら》のすごく高《たか》いところからでも見《み》えるように、はでにおどりまくるのだ！

「あ、それ！　好《す》きさ、好《す》きさ、
きみが好《す》きさ。けっこんしておくれ〜！」

わたしは大声《おおごえ》で歌《うた》い、りょうほうのうでをふりまくった。

「あ、それ！　どんとこい！　好《す》きさ、好《す》きさ、きみが好《す》きさ。けっこんしておくれ～！　どうした！　どうした！　好《す》きさ、好《す》きさ、きみが好《す》きさ。けっこんしておくれ～！」

だんだん調子《ちょうし》が出《で》てきて、じぶんで、あいのてまでいれて、歌《うた》いだしたとき、わたしは、マダム・ローゼンタールのはがきのことを思《おも》いだした。マダム・ローゼンタールはダンスをはじめ、はがきには、〈遠《とお》くで見《み》ていた人《ひと》がそばにきて、はくしゅをしてくれるの。〉とかいてあった。

そうだ。マダム・ローゼンタールをよんでこよう！

わたしは空《そら》を見《み》あげた。

大《おお》いそぎで走《はし》っていけば、日《ひ》がくれるまでにもどってこられる！

わたしはまず、キュリオに、

「マダム・ローゼンタールをつれてくる。」

と声《こえ》をかけ、ローテンブルク王子《おうじ》に、

「ここでまっていてください。夕《ゆう》がたまでには、もどってきます。」

といって、岩《いわ》をおり、西《にし》の海岸《かいがん》にむかってかけだした。

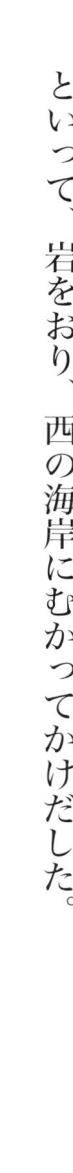

Ⅶ　銀色《ぎんいろ》のマドモアゼル・アルテミス

マダム・ローゼンタールの海《うみ》の家《いえ》につくと、わたしははなした。

すると、マダム・ローゼンタールは、

「そういうことなら、わたしがいって、おどらないことにはどうにもならないわね。」

といって、店《みせ》をしめ、赤《あか》いドレスにきがえた。

よくかんがえれば、マダム・ローゼンタールがきても、どうにかなるとは思《おも》えないのだが、なぜかわたしは、マダム・ローゼンタールがおどれば、なんとかなるのではないかと、本気《ほんき》で思《おも》った。

わたしはマダム・ローゼンタールをせなかにのせて、ジャングルを走《はし》りぬけた。

マダム・ローゼンタールはキュリオのなんばいも重《おも》い。わたしもがんばったが、マダム・ローゼンタールもがんばった。マダム・ローゼンタールはわたしの首《くび》にしがみついて、なんどもおちそうになった。

日《ひ》がくれてしまえば、
空《そら》からジャングルの岩《いわ》は
見《み》えなくなってしまうだろう。
わたしは走《はし》りに走《はし》った。

わたしだけではなく、マダム・ローゼンタールも息《いき》をきらし、わたしたちが岩《いわ》の下《した》にもどってきたとき、まだ日《ひ》はしずんでいなかった。

わたしはマダム・ローゼンタールをおぶって、岩《いわ》によじのぼり、オウムのローテンブルク王子《おうじ》にマダム・ローゼンタールをしょうかいした。

「ぐずぐずしていたら、日《ひ》がくれちゃう。さあ、はやくおどりましょ！　ちょうどいいところに、ぶたいもある。そこにわたしを入《い》れて。」

マダム・ローゼンタールはそういうと、わたしにだっこさせ、かれ枝《えだ》とつる草《くさ》でできた大《おお》きなおさらに入《はい》った。

キュリオが歌《うた》いだした。

「好《す》きさ、好《す》きさ、きみが好《す》きさ。けっこんしておくれ〜！」

「まあ、なんてすてきな歌《うた》なの！」

マダム・ローゼンタールはそういうと、右足《みぎあし》でトントン、リズムをとりだし、右《みぎ》の肩《かた》の上《うえ》にあげた左右《さゆう》の手《て》をたたきだした。そして、声《こえ》をはりあげ、

「さあ、歌《うた》って、おどるのよ！〈すきのフラメンコ〉よ。」

というなり、歌《うた》っておどりはじめた。

「好《す》きのフラメンコォ〜オオオ〜オオオオ〜！　好《す》きさ、好《す》きさ、きみが好《す》きさ。けっこんしておくれ〜！」

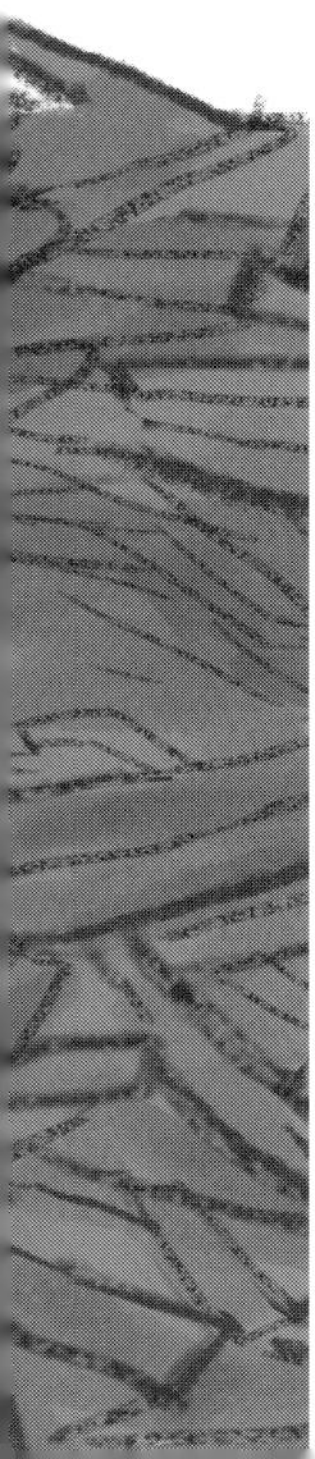

ローテンブルク王子《おうじ》も大《おお》ざらにとびこんで、歌《うた》いながら、頭《あたま》をふって、つばさをバタバタさせる。

「好《す》きさ、好《す》きさ、きみが好《す》きさ。けっこんしておくれ～！」

わたしとキュリオは歌《うた》いながら、じぶんかってにおどって、大《おお》ざらのまわりをまわりだした。

「好《す》きさ、好《す》きさ、きみが好《す》きさ。けっこんしておくれ～！」

ときどきわたしはあいのてを

いれる。

「どうした、どうした！　あ、それ、それ、それ、それーっ！」

やがて、日《ひ》がくれた。

だが、いったんくらくなった空《そら》がまた明《あか》るくなりはじめた。

そうだ、今夜《こんや》は満月《まんげつ》だったのだ！

満月《まんげつ》の下《した》、ローテンブルク王《おう》子《じ》とマダム・ローゼンタールとキュリオとわたしは、歌《うた》って、おどりまくった。

でも、なにしろわたしは、
岩《いわ》とマダム・ローゼンタールの
海《うみ》の家《いえ》のあいだを走《はし》って往復《おうふく》し、
しかも、帰《かえ》りは
マダム・ローゼンタールを
せなかにのせていたのだ。
満月《まんげつ》が空《そら》の半分《はんぶん》の高《たか》さまで
のぼってこないうちに、
わたしはつかれきって、
気《き》が遠《とお》くなってきた。
ろれつがまわらなくなり、
「あ、それ。好《す》きさ、好《す》きさ、

きみが好《す》きさ。けっこんしておくれ〜！」
がだんだん、
「あ、ほれ。ふきは、ふきは、
ひみがふきは〜。へっほんひへほくへ〜！」
になってきた。
それで、そうなってからなんどめかに、
「あ、ほれ。ふきは……。」
と歌《うた》って、まえのめりにたおれたところまでは
おぼえているが、そこで力《ちから》がつきた。
遠《とお》くから、ローテンブルク王子《おうじ》と
マダム・ローゼンタールとキュリオの歌声《うたごえ》がきこえ、
キュリオがわたしのせなかをふんでいった……。

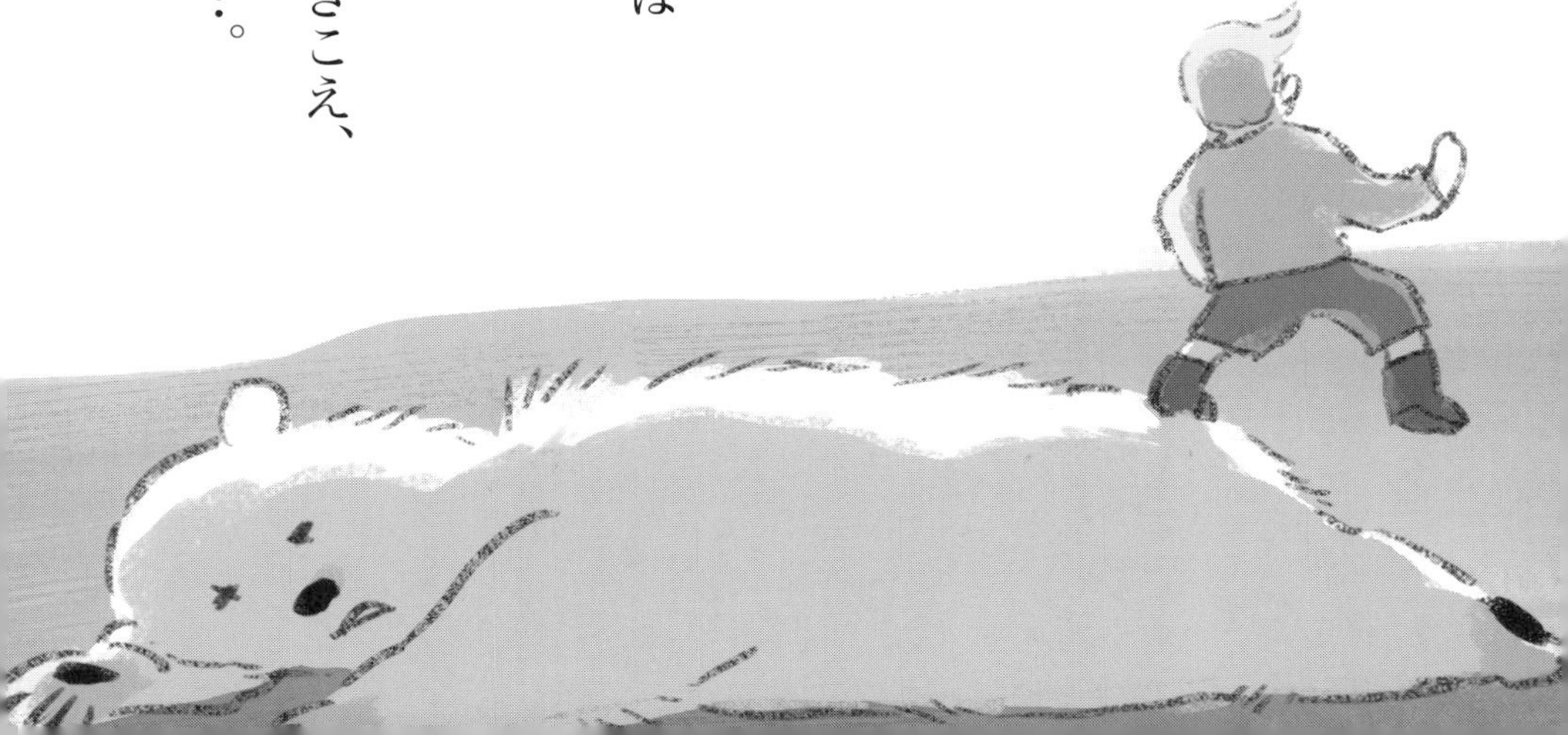

「ベベ！　さあ、おきて！　もう朝《あさ》よ。お店《みせ》をあけなきゃだから、わたしを海岸《かいがん》におくってちょうだい。」

マダム・ローゼンタールに体《からだ》をゆすられ、わたしが目《め》をさます
と、キュリオがいった。

「オウムの王子《おうじ》さまが、セニョール・ベベによろしくって。心《こころ》からかんしゃしますって、そうつたえてくれって。」

わたしは、まだぼうっとしている頭《あたま》でたずねた。

「それで、王子《おうじ》は？」

キュリオが北《きた》の空《そら》を見《み》て、いった。

「帰《かえ》っていったよ。」

「そうか。ひとりで帰《かえ》っちゃったのか。」

「ひとりじゃないよ。ふたりで帰《かえ》った。」

「ふたりって？」

それに答《こた》えたのは、キュリオではなく、マダム・ローゼンタールだった。

「ちょうど、満月《まんげつ》が頭《あたま》の上《うえ》にきたとき、月《つき》の光《ひかり》をあびて、銀色《ぎんいろ》のオウムがまいおりてきたのよ。」

「銀色《ぎんいろ》のオウム？」

「そうよ。アルテミスっていう名《な》まえなんだって。どこかで、ローテンブルク王子《おうじ》を見《み》て、きれいなオウムだなと思《おも》って、ずっとついてきたそうよ。気《き》づかれないようにして、なんか月《げつ》もね。それで、きのうのひるま、木《き》の上《うえ》にとまっていたら、下《した》をあなたとキュリオがとおっていったって、そういってた。あなたたちは、こもれびのことをはなしてたって。」

「じゃあ、あのとき、銀色《ぎんいろ》に光《ひか》っていたのが、そのアルテミスっていうオウムだったのかあ。そんなことなら、もっとよく見《み》ればよかった。」

わたしはそういって、ため息《いき》をついた。

銀色《ぎんいろ》のオウムなんて、めったに見《み》られない。

キュリオがいった。

「オウムの王子《おうじ》さまも、アルテミスさんも、おたがいにすっかり好《す》きになっちゃったみたいで、しばらくいっしょにおどっていたよ。それで、いっちゃうまえに、オウムの王子《おうじ》さまは、べべの耳《みみ》をなんどもくわえて、ひっぱったりして、おこそうとしたんだけどね。べべったら、ぜんぜん目《め》をさまさないんだもの。」

「そうか。そうだったのか。ローテンブルク王子《おうじ》のおよめさんになる銀色《ぎんいろ》のオウムと会《あ》いたかったけど、王子《おうじ》の力《ちから》になれて、うれしいよ。いつかまた、会《あ》えるかなあ……。」

わたしがそういうと、キュリオはいいきった。

「会《あ》えるよ！」

「そうかなあ。」

わたしは立《た》ちあがって、北《きた》の空《そら》を見《み》あげた。

すると、マダム・ローゼンタールは、

「だって、あなたとキュリオはしょうたいされているのよ。ローテンブルク王子《おうじ》とマドモアゼル・アルテミスは、こんどの満月《まんげつ》の夜《よる》、わたしの海《うみ》の家《いえ》で、けっこんしきをあげるんだから。王子《おうじ》がわたしに、そう約束《やくそく》していったの。たくさんおきゃくをよぶから、ジャン

グルのくだものをいっぱいようい
してほしいって、そういってたから、あなたもてつだってね。」

といったのだった。

キュリオがバッグの中《なか》のかみのふくろからクッキーを一まい出《だ》して、いった。

「だから、がっかりしないで、これをお食《た》べよ。べべ。けっこんしき、たのしみだね……。」

斉藤 洋（さいとうひろし）

1952年、東京都生まれ。1986年、『ルドルフとイッパイアッテナ』で講談社児童文学新人賞受賞、同作でデビュー。1988年、『ルドルフともだちひとりだち』で野間児童文芸新人賞受賞。1991年、路傍の石幼少年文学賞受賞。2013年、『ルドルフとスノーホワイト』で野間児童文芸賞受賞。本作品は、『キュリオと月の女王』『キュリオとかめの大王』に続く、「キュリオ」シリーズ第3巻目である。

ももろ

絵本作家。主な作品に、『ポポときせつのおかしづくり』『こねこのルップ りんごだいすき』『おうちジャングル』などがある。絵本制作のほか、児童書では「ドリトル先生」シリーズの挿絵や、雑貨、ぬいぐるみデザインや広告など、幅広い分野で活動中。オリジナル雑貨ブランド Bitte Mitte! を展開。描くのがいちばん好きな動物は、くま。

わくわくライブラリー

キュリオとオウムの王子《おうじ》

2024年1月23日　第1刷発行

作　斉藤《さいとう》 洋《ひろし》
絵　ももろ

発行者　森田浩章
発行所　株式会社 講談社
〒112-8001　東京都文京区音羽2-12-21
電　話　編集　03(5395)3535
販売　03(5395)3625
業務　03(5395)3615
印刷所　共同印刷株式会社
製本所　島田製本株式会社

KODANSHA

N.D.C.913　126p　20cm

シリーズマーク／いがらしみきお　装丁・本文DTP／脇田明日香

ISBN978-4-06-533875-9